**CÍRCULO
DE POEMAS**

blue dream

Sabrinna Alento Mourão

I should have wrote a letter
explaining what I feel
that empty feeling

                                              Sufjan Stevens

I write best when I'm either
falling in love
or falling apart.

                                              Rudy Francisco

DECLIVE

poema de merda

você acabou comigo

e eu, como uma vingança às avessas,
me tornei o que jurei destruir em mim:
você.

agora faço comidas em uma panela só,
hiberno aos finais de semana,
deixo embalagens de comida falsa pelo quarto
& levo o celular ao banheiro —
que é de onde escrevo pra você.

weird fishes

o aquário pergunta ao peixe
se um paraíso nos limites do vidro
era o suficiente para nadar

os enfeites as bolinhas de ração colorida
o enriquecimento ambiental
a bomba de oxigênio os moluscos filtradores —
nada disso se compara ao mar

casa feelings ou divórcio II ou rest in pieces or

estou a 132 km de distância
de onde tudo começou
estou há 4 anos e 6 meses de distância
de quando tudo começou
na última vez que estive ali
ainda tinha amigos vivos
ainda tinha um coração pulsante
meu vazio foi preenchido
com nossos acúmulos
gatos roupas livros coisas
que nunca usamos
de alguma forma me tornei
um quarto da bagunça
onde se joga tudo
de antigo e quebrado e inútil
que acreditamos que um dia precisaríamos
de alguma forma me tornei
um quarto da bagunça
com móveis empoeirados
que não ornam com a casa dos seus pais
com os lençóis rasgados da sua infância
de alguma forma me tornei
seu sótão sua despensa seu bunker
seu abrigo antibombas em ruínas
e no meu chão
uma foto nunca tirada de nós duas
e por algum motivo
sorrimos

vida e obra

> *há em mim alguma coisa*
> *sem nome e excessiva*
> *que torna a existência*
> *impraticável*
> Lilian Sais

nos nossos primeiros encontros
esqueci sobre sua mesa de cabeceira
um livro: acúmulo

nos nossos últimos encontros
os acúmulos
soterravam o livro

wish list

> *quando você me encontrar*
> *não fale comigo,*
> *não olhe pra mim*
> *eu posso chorar*
> Jards Macalé

quero um dia de paz
quero uma semana de trabalho com quatro dias úteis
quero fazer três refeições por dia
quero não te perder a cada vinte e quatro horas
quero não me perder a cada vinte e quatro minutos
quero mudar de cidade de estado de país de planeta
quero fundar uma nova civilização
                que se inicie e se acabe em nós duas
quero tomar um porre homérico misturando tudo
quero nunca mais botar uma gota de álcool na boca
quero morrer pra sempre hoje
quero largar tudo e ir pro meio do mato
quero abraçar o mundo com as pernas
quero me comunicar apenas na nossa língua íntima de
                                                          [amantes
quero ser a voz de uma geração
quero ter uma infância feliz e plena
quero fazer charas
quero amar o que tenho nas mãos
quero dissipar o que tenho em mente
quero moer meu café
quero andar descalça em um pomar de frutas caídas
quero ser a pessoa que ama e liberta

quero me sentir livre do peso de prender
quero fazer uma música um disco um show uma turnê
                                                    [com você
quero ser sex symbol para as lésbicas
quero que minha vida deixe de ser uma música triste do
                                                    [The Breeders
quero acabar com o sofrimento do mundo
quero acabar comigo
quero me encontrar
quero nunca mais querer nada

wish list II

> *explicar com palavras deste mundo*
> *que partiu de mim um barco levando-me*
> Alejandra Pizarnik

quero voltar a ter tempo
        para ler poemas
        para ler autoras que desconheço
        para me encantar com um romance

quero ter forças
        para conseguir sair da cama
        para conseguir calçar o tênis
        para conseguir abrir a porta e correr na rua

quero conseguir sustentar
o peso da minha pálpebra
para que ela não corte ao meio essa lágrima

nessa cidade

> *a praça aonde nós fomos juntos*
> *jamais será a praça aonde eu fui sozinho*
> Sallié Oliveira

é a primeira vez que venho ao Marco Zero
sem você

a comida de qualidade questionável
o voo rasante dos pombos sobre os passantes
o céu em tons vermelhos
nada disso me faz brilhar

pela primeira vez sem você
isso é só mais um dia.

✳

esse amor durou um governo,
uma pandemia, um holocausto,
quatro paredes, o isolamento,
foi apenas incapaz de resistir
                                 à realidade

✳

a mariposa visita
o casulo vazio

fala dos voos que alçou
após a metamorfose

✳

todos os dias esqueço
coisas que já não acesso

a senha do banco
o dia do seu aniversário

✳

como naquele conto do cortázar
em uma versão sáfica cannábica
acendi o primeiro beck no quintal
enquanto você rolava o feed no quarto

na semana seguinte
fui ver a neblina de julho
através da nuvem que saía de mim
na garagem

até que você disse:
amor, você pode fumar na sala

e eu perguntei
e no quarto?
e você disse que
aí era demais.

mas como qualquer vapor
por mais condensado que fosse
você dissipou

e usando o princípio básico
de expansão dos gases
minha fumaça foi ocupando
todos os cômodos antes bloqueados

a cozinha
o quarto de visitas
o banheiro
o quarto de casal
eu e um blunt

casa de praia

você ainda nem tinha articulado
as últimas palavras
e eu já sabia que era o fim

antes de qualquer coisa
você começou arruinando
a banda que embalava meus dias

ainda tiramos as roupas limpas
da máquina de secar
falamos das roupas úmidas
que estenderíamos no sol de amanhã

o amanhã que entre
minha mão em punho
e sua mão aberta
jamais viria.

hall da fama

prometi que quando a prefeitura
fizesse a calçada da minha rua
eu escreveria nossas iniciais
no cimento fresco
dentro de um coração flechado

um dia antes de construírem
você foi embora
e no dia seguinte
quando me dei conta
a calçada estava feita
o cimento estava rígido
e nada mais poderia ser escrito

uma arma ainda mais quente

é claro que posso ser feliz
ensopada de chuva sob um toldo furado
com o último dos becks apagado pela última das lágrimas
depois de aceso com o último dos fósforos.

claro que posso ser feliz
aceitando o passado
os presentes
e o futuro
certo e claro:
essa poltrona reclinável no meio da casa vazia.

que posso ser feliz
depois de chorar embrulhada até o pescoço
pensando na mulher que você vai amar
como me amou —
depois de mim.

posso ser feliz
depois de rir e contrair todos os músculos faciais
delirando sobre a mulher que vou amar
como te amei —
depois de você.

ser feliz
sem a insone luz azul do celular
ao meu lado da cama
que agora é fria e espaçosa

e escura e silenciosa —
um convite para boas noites de descanso.

feliz
com as gatas e as plantas —
tudo que ganhei
tudo que perdi
tudo que restou.

uma felicidade caótica que perdura
como a efêmera vida de um cubensis
sobre a bosta de vaca —
depois da chuva.

//ACLIVE

happy ending

duas meninas apaixonadas
se beijam em um shopping

o shopping vai explodir
ou uma delas será mordida por um zumbi?

escolha nosso final feliz.

king princess

a mulher que amei
não mora mais aqui

abro a porta para um velho amigo
em seus olhos enxergo um amor antigo

melancia açúcar alto

ressentir-se da doçura da melancia
pensando no momento
em que não poderá mais degustá-la
e acabar por não apreciar
o que agora acontece —

essa grande mordida.

narciso em crise

não importa que em cacos
o importante é ver
o reflexo

10/02/4722

morrer em 2023
renascer em suas mãos
no ano do dragão
no dia 10 de fevereiro de 4722

I wanna be (with you)

entre a multidão e o palco
naquele festival
você era a atração principal

o que tapa o alagadiço

> *the consequence*
> *of what you do to me*
>
> *help me to name it*
> *help me to name it*
> Beach House

a arquitetura que se ergue
a arquitetura que se afunda

o breu que é o oceano no fim da rua
o brilho verde dos teus olhos me inunda

com os bolsos cheios de pedras
mergulho em tuas águas mornas e profundas

scorpia

um escorpião no aquário
perigoso terrário

o veneno que extraio
tomo em microdoses diárias

se o amor fosse um filme, seria um road movie

o amor é uma viagem
feche este livro
aprecie a paisagem

blue dream

tudo sempre seguirá seu curso natural:
as cerejas serão colhidas
se reduzirão a grãos torrados
descerão 1 300 metros
da fazenda até meu moinho manual
na beira-mar numa quarta-feira nublada
na Pedra do Sal
tomo o último gole enquanto
traduzo do russo
o último gole enquanto
você traduz o mundo
sorrimos em silêncio
uma onda quebra distante
logo será noite e discos voadores
iluminarão nosso caminho

Copyright © 2024 Sabrinna Alento Mourão

Todos os direitos reservados. Nenhuma parte desta obra pode ser reproduzida, arquivada ou transmitida de nenhuma forma ou por nenhum meio sem a permissão expressa e por escrito da Editora Fósforo.

DIREÇÃO EDITORIAL Fernanda Diamant e Rita Mattar
COORDENAÇÃO DA COLEÇÃO E EDIÇÃO Tarso de Melo
COORDENAÇÃO EDITORIAL Juliana de A. Rodrigues
ASSISTENTE EDITORIAL Millena Machado
REVISÃO Eduardo Russo
DIRETORA DE ARTE Julia Monteiro
IMAGEM DE CAPA Marie Høeg e Ingeborg, irmã de Bolette Berg (*c.* 1895-1903). Arquivo de Berg & Høeg, Preus Museum. Cópia de negativo em placa de vidro, 12 cm x 8 cm
PROJETO GRÁFICO Alles Blau
EDITORAÇÃO ELETRÔNICA Página Viva

Dados Internacionais de Catalogação na Publicação (CIP)
(Câmara Brasileira do Livro, SP, Brasil)

   Mourão, Sabrinna Alento
      blue dream / Sabrinna Alento Mourão. — São Paulo : Círculo de Poemas, 2024.

   ISBN: 978-65-6139-000-2

   1. Poesia brasileira I. Título.

24-205144   CDD — B869.1

Índice para catálogo sistemático:
1. Poesia : Literatura brasileira   B869.1

Tábata Alves da Silva — Bibliotecária — CRB-8/9253

circulodepoemas.com.br
fosforoeditora.com.br

Editora Fósforo
Rua 24 de Maio, 270/276, 10º andar
01041-001 — São Paulo/SP — Brasil

A marca FSC® é a garantia de que a madeira utilizada na fabricação do papel deste livro provém de florestas gerenciadas de maneira ambientalmente correta, socialmente justa e economicamente viável e de outras fontes de origem controlada.

Que tal apoiar o Círculo e receber poesia em casa?

O que é o Círculo de Poemas? É uma coleção que nasceu da parceria entre as editoras Fósforo e Luna Parque e de um desejo compartilhado de contribuir para a circulação de publicações de poesia, com um catálogo diverso e variado, que inclui clássicos modernos inéditos no Brasil, resgates e obras reunidas de grandes poetas, novas vozes da poesia nacional e estrangeira e poemas escritos especialmente para a coleção — as charmosas plaquetes. A partir de 2024, as plaquetes passam também a receber textos em outros formatos, como ensaios e entrevistas, a fim de ampliar a coleção com informações e reflexões importantes sobre a poesia.

Como funciona? Para viabilizar a empreitada, o Círculo optou pelo modelo de clube de assinaturas, que funciona como uma pré-venda continuada: ao se tornarem assinantes, os leitores recebem em casa (com antecedência de um mês em relação às livrarias) um livro e uma plaquete e ajudam a manter viva uma coleção pensada com muito carinho.

Para quem gosta de poesia, ou quer começar a ler mais, é um ótimo caminho. E para quem conhece alguém que goste, uma assinatura é um belo presente.

CÍRCULO DE POEMAS

LIVROS

1. **Dia garimpo.** Julieta Barbara.
2. **Poemas reunidos.** Miriam Alves.
3. **Dança para cavalos.** Ana Estaregui.
4. **História(s) do cinema.** Jean-Luc Godard (trad. Zéfere).
5. **A água é uma máquina do tempo.** Aline Motta.
6. **Ondula, savana branca.** Ruy Duarte de Carvalho.
7. **rio pequeno. floresta.**
8. **Poema de amor pós-colonial.** Natalie Diaz (trad. Rubens Akira Kuana).
9. **Labor de sondar [1977-2022].** Lu Menezes.
10. **O fato e a coisa.** Torquato Neto.
11. **Garotas em tempos suspensos.** Tamara Kamenszain (trad. Paloma Vidal).
12. **A previsão do tempo para navios.** Rob Packer.
13. **PRETOVÍRGULA.** Lucas Litrento.
14. **A morte também aprecia o jazz.** Edimilson de Almeida Pereira.
15. **Holograma.** Mariana Godoy.
16. **A tradição.** Jericho Brown (trad. Stephanie Borges).
17. **Sequências.** Júlio Castañon Guimarães.
18. **Uma volta pela lagoa.** Juliana Krapp.
19. **Tradução da estrada.** Laura Wittner (trad. Estela Rosa e Luciana di Leone).
20. **Paterson.** William Carlos Williams (trad. Ricardo Rizzo).
21. **Poesia reunida.** Donizete Galvão.
22. **Ellis Island.** Georges Perec (trad. Vinícius Carneiro e Mathilde Moaty).
23. **A costureira descuidada.** Tjawangwa Dema (trad. floresta).
24. **Abrir a boca da cobra.** Sofia Mariutti.
25. **Poesia 1969-2021.** Duda Machado.
26. **Cantos à beira-mar e outros poemas.** Maria Firmina dos Reis.
27. **Poema do desaparecimento.** Laura Liuzzi.
28. **Cancioneiro geral [1962-2023].** José Carlos Capinan.
29. **Geografia íntima do deserto.** Micheliny Verunschk.
30. **Quadril & Queda.** Bianca Gonçalves.

PLAQUETES

1. **Macala.** Luciany Aparecida.
2. **As três Marias no túmulo de Jan Van Eyck.** Marcelo Ariel.
3. **Brincadeira de correr.** Marcella Faria.
4. **Robert Cornelius, fabricante de lâmpadas, vê alguém.** Carlos Augusto Lima.
5. **Diquixi.** Edimilson de Almeida Pereira.
6. **Goya, a linha de sutura.** Vilma Arêas.
7. **Rastros.** Prisca Agustoni.
8. **A viva.** Marcos Siscar.
9. **O pai do artista.** Daniel Arelli.
10. **A vida dos espectros.** Franklin Alves Dassie.
11. **Grumixamas e jaboticabas.** Viviane Nogueira.
12. **Rir até os ossos.** Eduardo Jorge.
13. **São Sebastião das Três Orelhas.** Fabrício Corsaletti.
14. **Takimadalar, as ilhas invisíveis.** Socorro Acioli.
15. **Braxília não-lugar.** Nicolas Behr.
16. **Brasil, uma trégua.** Regina Azevedo.
17. **O mapa de casa.** Jorge Augusto.
18. **Era uma vez no Atlântico Norte.** Cesare Rodrigues.
19. **De uma a outra ilha.** Ana Martins Marques.
20. **O mapa do céu na terra.** Carla Miguelote.
21. **A ilha das afeições.** Patrícia Lino.
22. **Sal de fruta.** Bruna Beber.
23. **Arô Boboi!** Miriam Alves.
24. **Vida e obra.** Vinicius Calderoni.
25. **Mistura adúltera de tudo.** Renan Nuernberger.
26. **Cardumes de borboletas: quatro poetas brasileiras.** Ana Rüsche e Lubi Prates (orgs.).
27. **A superfície dos dias.** Luiza Leite.
28. **cova profunda é a boca das mulheres estranhas.** Mar Becker.
29. **Ranho e sanha.** Guilherme Gontijo Flores.
30. **Palavra nenhuma.** Lilian Sais.

**CÍRCULO
DE POEMAS**

Este livro foi composto em GT Alpina
e GT Flexa e impresso pela gráfica
Ipsis em maio de 2024.
O amor é uma viagem:
aprecie a paisagem.